Las motonieves

Quinn M. Arnold

CREATIVE EDUCATION

semillas del saber

Publicado por Creative Education
P.O. Box 227, Mankato, Minnesota 56002
Creative Education es una marca editorial
de The Creative Company
www.thecreativecompany.us

Diseño de Ellen Huber; producción de Mary Herrmann
Dirección de arte de Rita Marshall
Impreso en los Estados Unidos de América
Traducción de TRAVOD, www.travod.com

Fotografías de iStockphoto (DIGIcal, Elviraga, FooTToo, GibsonPictures, Imgorthand, kamski, KKIDD, Murmakova, RomanBabakin, sara_winter, SergeyVButorin, treasurephoto, Ulga, WesAbrams, wsmahar), Shutterstock (Delpixel, Garry2014, irina02, Erkki Makkonen, Parilov, resilva)

Información del Catálogo de publicaciones de la Biblioteca del Congreso is available under PCN 2019930456.
ISBN 978-1-64026-258-4 (library binding)

9 8 7 6 5 4 3 2 1

TABLA DE CONTENIDO

LYNX

¡Es hora de partir!

Las motonieves se utilizan en lugares fríos.

Se pueden utilizar sobre hielo y nieve.

Los esquíes se deslizan sobre la nieve.

El manubrio guía los esquíes.

Esto hace que la motonieve gire.

Detrás de los esquíes se encuentran las **orugas**.

Estas se agarran al suelo. Esto hace que la motonieve avance.

El acelerador hace funcionar el motor.

El freno hace que la motonieve disminuya la velocidad.

Los usuarios usan ropa de abrigo y cascos.

El parabrisas bloquea el viento y la nieve.

El asiento tiene espacio para una o dos personas.

Una motonieve atraviesa bosques y campos. Va a gran velocidad sobre la nieve y el hielo.

Los faros muestran
el camino que hay
por delante.

¡A toda velocidad, motonieve!

Dibuja una motonieve

freno
encendido
manubrio
espejos
esquíes

Palabras que debes saber

acelerador: el mecanismo que controla la potencia de un motor

guiar: orientar o dirigir el movimiento de un vehículo

motor: una máquina que produce energía e impulsa una cosa

oruga: una cinta grande y fuerte que envuelve alrededor de las ruedas de un vehículo

Índice